年代诗丛
第三辑
韩东 主编

蜜蜂说

旋覆 著

江苏凤凰文艺出版社

图书在版编目（CIP）数据

蜜蜂说 / 旋覆著. — 南京：江苏凤凰文艺出版社，2025.1（2025.4重印）

（年代诗丛 / 韩东主编. 第三辑）

ISBN 978-7-5594-8100-9

Ⅰ.①蜜… Ⅱ.①旋… Ⅲ.①诗集－中国－当代 Ⅳ.①I227

中国国家版本馆CIP数据核字（2023）第216699号

蜜蜂说

韩东 主编　旋覆 著

出 版 人　张在健
策划编辑　于奎潮
责任编辑　孙楚楚
封面题字　毛　焰
装帧设计　周伟伟
责任印制　杨　丹
出版发行　江苏凤凰文艺出版社
　　　　　南京市中央路165号，邮编：210009
网　　址　http://www.jswenyi.com
印　　刷　苏州市越洋印刷有限公司
开　　本　787毫米×1092毫米　1/32
印　　张　4.625
字　　数　80千字
版　　次　2025年1月第1版
印　　次　2025年4月第2次印刷
书　　号　ISBN 978-7-5594-8100-9
定　　价　46.00元

江苏凤凰文艺版图书凡印制、装订错误，可向出版社调换，联系电话025-83280257

目 录

第一辑 细雨

扶帽子的女孩	003
此诗应约送八戒	004
竹叶像什么	005
细雨	007
梅花波	008
雪上雪下	010
神秘如手	011
窗光	013
过江隧道	014
抄录师父唯识课上的一段话并分行	016
春思	017
我们不会注意荒草	019
安静	020
五月西湖凉似秋	021
莲之力	022
物品是这样，一切都这样	023

犹在镜中 024

第二辑　废物闪耀

雪松枝 029
扫地 030
月亮今夜不同 033
乡村医生 034
落花生 036
废物闪耀 038
白梅 040
野人献曝 041
云 042
种菜 043
山路 044
波罗寺 045
光 046
武侠 047
去时楼上清明夜，月照楼前撩乱花 048
秋天傍晚的几秒 049
冬夜 050
无题 051

第三辑　逝去的雨水

逝去的雨水	055
找到了	056
相逢	057
高适不救李白	059
寒流之夜	060
白色房间	061
白猫	062
没有（一则寓言）	063
白夜	064
暴力地蹉跎	066
有一种死感	067
三个修士	068
环形公园	070
这里	071
喊月	073
狮子峰下	074
曲终人不见，江上数峰青	075
朋友	077
实验	079
绿园路	081
雨落空湖	082

第四辑　河南坠子

杜鹃	087
读诗	089
河南坠子	091
傍晚的母亲	092
戒酒一周	093
挖蒲公英	096
父亲	097
情田	099
因为树木	101
屋北	103
从宁夏寄	105
宫怨	107
带鱼	108
几千年的诗	109
秋樱	110
那个房间起了风	112

第五辑　热茶出现在小说里

加倍存在	115
车厢里的玻璃球	116
好东西	117
看薇薇安·迈尔的纪录片后想到	118

路边醉酒的女人	119
安排	120
黑曲子	122
从春节聚会上回到家竟像从寺院归来	124
喜欢武侠	125
石英石	126
挥霍的人	127
声音	128
梦见空间技术	129
锁金村	131
梦露死时的客厅	134
热茶出现在小说里	136
蜜蜂说	138
一个说明	139

第一辑

细雨

扶帽子的女孩

在一个小饭馆

她往上扶她的帽子有几百次

上千次

发梢弧度微微改变

唯美而神秘

虽说只是分裂症而已

可那就像苦难的荒野里小花在闪烁

此诗应约送八戒

亭子周围,常常一地白色的果实
扫去,一个月后又会是一地
所以游客经常问
这是什么
我猜是苦楝子
而周围的苦楝子树光秃秃的
游客又会问,哪儿来的
我猜是鸟儿……
现在可以写首诗汇报八戒(八戒是个康定女孩,法名八戒):
亭子上住了很多鸟,它们每天不停地采集、采集,哪怕这白果
咬不动磕不开,这生命还是不停地采回来,日日,月月,年年。
放在屋顶、梁上,又从上面掉落,竟也是日日,月月,年年。
今天我知晓了这生命的边界,当我捡起两颗:
五个棱,硬如石,砸开,果仁很小,一股极清苦的味儿。

竹叶像什么

竹叶像什么

夜路上一个声音问

像星星　绿色的星星吗

不黑色的星星

不聊斋里的星星：漫山遍野

有时可以煮着吃

有时是琴音的星云

很快地，月光会在里面轻轻鸣响

石桌上饭已盛好

衣服的声音就要出来……

你看《聊斋》出世就纯是安慰人的

很纯洁，没什么思想

就是世界宽大如是

你看夜里的竹子也是

所以要画墨竹

画离你这么近的地方就有星光目光

竹子纯是关怀

竹子就算做成了尺八，吹出了苍凉、高峻、清纯

也是在应和

你

细雨

这个秋天

下了几场毛毛细雨

恍惚之前、往年都没有过

新奇的

熟悉的

无边丝雨

让我理解了复古派

也更理解了先锋派:

走在这样的雨中

忍不住祝愿以后、

下月、下一季、下世纪

还有这么好的雨

当彼时此地的人们

走在山坡

为雨停下

坠入诗的时空

不能让他们有一丝失落,细雨的精神

轻柔、自在、滋润、淡然、甚至无情等等等等

没有向他们全部敞开

梅花波

爬到高处剪梅花

高处是这样的:

风在吹

阳光在闪耀

树枝在摇

脚下在晃动

还没选中哪一枝

一时间,我就掉进了当时的波动里

尽管周围全是跳跃的花骨朵

但那更像是

地球的一个脉冲

早春的脉冲

我恰好踩在峰上。

事后我反复确认

所谓气之动物,物之感人

是真的

甚至气势撼人、与天地精神相往来

都是硬核式的存在。

天地是活的，身体是活的，但我们

曾几何时

以为它们并没有呼吸。

包括那些画山水的，如今他们自己都讲不清楚了。

还有望气的人，在一首蜀国的旧诗里，我如今才发现他们。

雪上雪下

雪上是风的痕迹

雪下是地热的痕迹

屋顶上有爪印

丛林里更多

看得出折返,遭遇,搏斗等等

社会呢

社会则是人心的痕迹

有一种雪

能显影出它们

跟上文里的事物一样

雪是风的威胁,地热是雪的威胁——

鸟是鸟的威胁

兽是兽的威胁

威胁,在"执持"之雪上

划出心理之印

看着天亮时的雪面已污

你想

幸亏还有慈悲

神秘如手

两只手
只在特殊情况
如洗脸、舞蹈、弹琴、打坐
等少数时候
是一致的一双手
通常它们像
打工父母
与留守儿童
像环卫和拆迁
两队城管
甚至像两种精神疾病
在各自运行
如此映照着看,它们显得
格外散漫
也格外疯狂
没人说它们得敛起来
或一致起来
尽管,它们是一模一样的五根手指

可谁又说得清为什么是五根?

也许只在

合十

或戴上手铐的时候

才数清了它们

又格外陌生

窗光

窗户里的光溢了出来,很多
也很亮
这是第一次在外面
看到它们:浪费了。
它们照着无人的楼梯
直线,斜线,台阶体积
最高的地方
投影着一排密密窗格……浪费了。
可减低瓦数也不可
房间大,房里的字又太小
画也经常印得模糊
窗帘嘛,更无必要
现在已经是磨砂玻璃
磨砂玻璃已经把光磨得毛毛的
光已经放在了楼梯上再无奔逸
整件事情,已经被一种智慧安排好了
不是哪个人的,而是
事情本身,自己安排了自己的合适
要不是今晚,差点察觉不到。

过江隧道

跟贾涤子坐车过过江隧道

我连忙说

我们正走在江底的长长的洞里

鱼和船都在上面

他停下哭闹

开始一心看着外面

长长的单调的

水泥路灯结束

终于换了场景

却是阳光、马路和树

连一滴水都没看见……

这让小小的他欲哭无泪

是长江真的太大了

还是

人类用心思

自己把自己搞得特别渺小?

古代的画里

出现过无际的山和

高耸而无际的山甚至

还穿插了数道溪水湖水江水

然后是一个又矮又小

步行着的人

没人觉得其中含有渺小之意

我还唯一一次看见过

满天的灰云堆成山状

比所有的山水画

都要雄浑高广

站在下面

你会觉得，那里有一个已走尽的人

而我们一样可以走尽满天的山

找到他

抄录师父唯识课上的一段话并分行

春天到了

初夏了

风和日丽

之后，下了场微微的小雨

每个人都很快活

这是一个共业

好的因，共同的感受。

在小雨的好日子里面

午饭后大家都睡觉

每个人都做梦

各做各的梦

这个梦是不共业。

有的业是我们共同的，

有的业是我们单独的。

春思

那边是滔滔柳树
这边
一排同样变陌生了的树
在涌新叶
远远就能认出来
最鲜净的
是那棵绿梅
在它开花的时候
就是满树清澈
这是性情决定的吧
包括柳树的深心和豪爽

冷天已过去
暖天来了
现在如此,以后还会循环
谁会想一想
这显而易见的不可思议
在古代

有专门的人负责想这些

屈原可能就是
但内情很难了解
就像看航拍照片
和眼睛真的升上高空不同

我知道我说的和一首蒙古歌重合了
而歌手和远古前辈们重合了
当时还涌起了干冰迷雾
仿佛梅树和柳树又要变黄了
但没人催促我们!
一次也无!

我们不会注意荒草

我们不会注意荒草,除非单单注意了
某一种:
叶片像小粒的翡翠,茎子又细又紫
仿佛揪断会有奶液,那一定是有的了
或许还能入药……一注意,它们就成了
不平凡的荒草
可现下,谁理它们呢
砖缝里到处长得这么好。

旁边的松树结了一树的松果
凡是走过的人,都会望上去
衡量它们的高低、大小、气味、握感
每个人都有一丝期待,其期待累加起来
能拽弯整棵树了
也没有一颗掉下来
更别提握而嗅
嗅而深嗅,而揪开
而深深投入。

安静

屋角,一个黑点在一张蛛网上挣扎,几番努力后
那里恢复了安静。
与此同时,一只绿虫子,正在蚊帐架上折叠着前进
眼看到了边缘,也是神乎其技
它吐着丝荡了下来。
悬了会儿,也可能是个思考过程
它又咬着丝上去了。
接着又是荡下来……或许在试探?直到
一角纸巾托住了它
乘着这只小船
它被送去了窗外
蚊帐架暂时安静了。
就房间里的空气来说,事情不是
什么安静不安静的:
太轻的东西,生命简直无法扰乱,它们恒常安静。

五月西湖凉似秋

诗,直写眼前事
一千年后
有人说当时乃因
五月刮了北风
而似秋的,并不是打比方
那其实是雨后
来自西伯利亚的凉。

可以想象当天,鲜暖的西湖
一时彻底清冷了
济颠道济禅师,人寿欲尽
拎酒穿花
在空无一人的湖边
问明年自己何在
凉风吹透人身及万物
荷苞们含笑
纷纷点头。

好个西伯利亚!

莲之力

早上莲花开了:
一只宋代的白瓷。
中午太阳晒,
它收了起来:
有力地。

物品是这样,一切都这样

举起来

灼灼生辉

放下去

泯然众矣

犹在镜中

长路漫漫

折折弯弯

湾里出现了一片荷塘

荷叶田田,荷花依稀

夹在玉米田里。

从宽敞的公车里看——

就像经过一个……狱中荷塘。

又一次长路漫漫

老路

几乎平于四周

那是一片被拆迁的村庄

拆得干净,只剩齐整的房基

日常的零碎全无

像极了置景的舞台

假假的

就在手边

现今我忆起这两帧画片

惊叹　所谓人生风景

真的是这样

—— 我们行驶在镜面上

美或意味，完全是无中生有。

而那时我在镜像上移动

在地图上

在地球上

很难说我不是逍遥的

而且只好是逍遥的！

第二辑

废物闪耀

雪松枝

雪松枝在火里燃烧
是烟花的样子
大量的事物成灰，飘走
留下的
是
个
意象

扫地

扫地的声音最有穿透力

就像小提琴最悦耳

无论远近、楼房平房

水泥木板

总能传过来

那是几十根小竹枝

和青砖的摩擦

还有小土粒蹦跳

干燥的树叶

在地上拖动、碰撞、弹起

这些

都

半米

半米地行进

听得到尘气滚滚

也听得到扫地的人,相反越扫越安静、越慢、越匀,就像是他的呼吸

偶尔

发生停顿

让人担心呼吸停止了

……

以前我是在墙里听到

现在开始扫地了

原来那是弯腰拔了一下草

有谁会说自己不会扫地吗

小孩都可以

这与生俱来的协调能力

配上松针、斜坡、鸟鸣

就是他们饱胀、断续的思维

的具象

最后地上的残留

是思维里混乱的部分

此时却令人心生敬意

听说一个人赌光了

后来做了清洁工

听说孔雀尾巴抖开灿如银河

收起来就是扫把

听说发明酒的人发明了扫把

它们可能是一对反义词

一个不需扫地的世界是有的

但不是我们的

像大雪把我们的城市改成琼楼玉宇

我们会立刻改回来

扫地是命运

我们活在固态里

扫地是命运

连花朵都是扫把的样子

最像扫把的是莲花

月亮今夜不同

月亮像一枚半透的玉

在屋脊上

淡云里。

我来回走在有小沙砾的廊道上

来回觉得它今夜很不同

它很软很恬淡

像在时空里后退了几步

像减弱了自身

沙砾的影子都长了。

白天被太阳晒晕的草

在它清凉的抚慰下,又神气了起来

甚至微光里更加浓郁。

只道月亮静默

原来月亮救死扶伤。

而我,挂念不起任何人任何事

我也是在月亮下治病。

乡村医生

二十年了无消息,我猜他们医术通神,医风高尚
诊所可能连锁,装修可能堂皇
处世典范,翩翩良心。
因为求医问药,我想起那位文学社社长
听说后面两届的社长,都去奔了他
三人一起在某市开诊所。

先搜了一下,结合名字、出生地、毕业年份我确定
是他:
党员,已过世,2014,38。离开省会肿瘤科后
他带着四川口音,一个人在河北某村开诊所
药便宜,病人非常多,对老幼病残也上门服务。十里八乡
隔壁县,都会找来。长期坐诊致下肢水肿,他后来不得不跷着脚
给人看病,甚至咬着牙出诊。再后来查出肺癌……
有个声音说,自己的病都看不好还给人看病
我想说,不是的。

我眼前还浮现了古代某个隐居的小诗人，采药行医，没想到病人太多
不对不对。
还有契诃夫笔下的人物……更不对了，那时一切都还未坍缩
一碗热茶端给你，还有着非凡的意义。
他的生命，竟如此难以企及。

落花生

满世界的落花,纷纷扬扬飘坠
挨到地面
就在泥土里生出根须
结出带壳的
红衣包白浆的种子
它们就叫落花生:
这是这个名字
在平行世界里的样子。
缩减进现实,中国这种农作物
低矮,丛生
开花时节
农民会从上面踩过
使枝叶接近土壤,长须,扎根。
不过小时候,我没踩过
也不记得父母做过
或许是亲友邻居帮我们做了。
人,有时也会像落花生那么感人。豆科,但埋了一世荣华

为了让豆荚里灌满浆液,它长进泥土里。为了长进泥土

它们躺平被踩。

现在,一小把落花生

拧去了红衣,正搁在栏杆上,等鸟儿来。

废物闪耀

一块切下的

柠檬蒂

黄

盖在一碗

枇杷糖

橙红

的中心

装枇杷糖的碗

金属

金色

柠檬蒂

随手扔进去的

枇杷糖,添加剂太多

是被开除

进的金碗

金碗以前装礼品八宝粥的

此时

废物的

色泽

一圈比一圈

浓郁

一圈比一圈精粹

并纯以美丽

而闪耀

白梅

想去看看那边的白梅
昨天雨夹雪
料想今晨霞光已吹干了
应该香得更清冽了
且慢,脚下有冰,而那边
停了车住了人,看不成了
一个小小的嗔恨,就这样
因人而生

我本盗香贼,却发了个伟大的遐想:
这世上缺一样东西
就是非常巨大非常疏朗的梅树
疏疏笼着这座城
每个窗前垂一枝

野人献曝

背上像一堆热烘烘的肥皂泡
刚被风吹破几个
又有更多的太阳小球射了进来。
本来很担心风
风,到底大不过太阳。
太阳稳定于日夜和四季
而风,却敢一日间数变
一个坡里,也随树木、房子、台阶而想变就变。

云

东山两朵
白白的云　一前一后

前云
把沉沉
黑影
就这么
放在
后云上

种菜

种下种子
马路上捡来马粪
我在果园边
开了一米菜地
它们发芽
在冬天的阳光下
挤挤挨挨成了一片
然后等待春天
慢慢
立春了,果园却被铁丝围了起来
这没办法
我依旧每天泼水进去
既无所谓收成
也看不见绿意浓
只是只有作为开荒者的我
才知道
下面有多贫瘠
它是一边浇水
一边塌方的啊

山路

波罗寺下
人迹罕至,发着幽香
突然一阵鸟鸣,山路陡然绚烂
陆薇抬头
一只苍鹰飞起
"啊,猛禽
怪不得
叫声里有惊慌"
这……
春鸟嘤鸣,春花摇晃
原来是这样

波罗寺

开门,即是悬崖
一个绿绿的大峡谷
比寺大
太多

光

柔若无骨的

水草

绿丝

在透明

容器里

在太阳下

风里

自在

浮动

它听不到

人的一句话里

有两次自擂

三次妒忌

七次伤心

和一次

对它

说的

啊,美

武侠

三角形曰山

横纹曰水

残阳半圆　飞鸿是点

人——以全新的四肢远归

日落月升

自古　我们

没有悲剧一说

去时楼上清明夜,月照楼前撩乱花

"这里太好了,太适合搞个离婚派对"

"下周是你的婚礼啊"

"这山这树这藤还有绿荫,最适合离婚派对了"

"那边,下周,你想想"

"别想那边了,这边太美了太适合"

"但你还没过完下周"

"太完美了,浓浓绿荫,离婚派对,时间是幻觉"

"你才是"

秋天傍晚的几秒

秋天傍晚的几秒,我让自己沉入了虫鸣

一片喜悦,紧接着马上是哀伤

我触到了"秋",我知道了它

我和秋

我伸出去连通了它

但这分明是

请它侵伐自己。

最奇特的,有人竟以此为职业,比如

一遍又一遍

全身浸透,进入"斩马谡""贵妃醉酒""霸王别姬"

那是超量的喜和悲

如仰望而拉满弓

整整一台戏的时间!

本来跟他们一点关系也没有

可世界握在他们手里,他们认真如童话里

爱民如子的国王,不,王子

令人尊敬,也惹亿万人怜惜

冬夜

浅黑光线里

远树的朦胧影子像开花

一扭头,身边这棵也像

只是花朵更大,大而欲坠

还有身后那棵,枯木长了半树细芽

快要发出新鲜的气味了。

——或许,当它们脱离了光合的职责,没人注意的时候

它们把地下的魂魄举了出来。

无题

我是个北方人
在北方的河堤与田野上
什么也没发生
洪荒里也从没发生过什么吧
只有心情被留住了
一种愉快的无奈
满足的无奈
满目都是事物——
庄稼、野草、树木
大地上散布着人
受苦、摇曳
它们都在庆祝自己的存在

第三辑

逝去的雨水

逝去的雨水

雨曾经漏在没人的房子里

湿了又干了

干了又湿了

一张纸就这样记载了几十次

最后是橘子皮样

让人忍不住伸手抚摸

那

逝

去

的雨水

找到了

打着灯火
追赶的人围住了那里

找到啊必得找到啊
远处都在喊着

没有门
没有房没有人
没有水洼
没有力量的痕迹
没有可死的

土壤没有，石头、草没有

成分：时间？
时间也被时间降解了

不是这样，不要！

相逢

繁华的元宇宙

有座临安城

雪后人少,你走进一家馉饳店

要吃一碗炖豆腐

第一次上线

就遇到济颠道济禅师

更兼湖山苍茫十分有古意

你端端正正走上前

供养了一碗

他老人家清瘦瘦的带着笑意

蒲扇也很圆

你一碗他一碗安静地吃了

讨笔送你两句歌词

歌曰路遇剑客需呈剑不是诗人莫献诗

你茫然若失

喊店家上酒来

你一碗他一碗,不知喝了多少

却始终未醉

还想什么呢

老板拿出他的写真给你看了

题着他的自赞：

远看不是近看不像

都是禅机还想什么呢

老板娘也说济书记①的诗都背熟了

但真容见不到

你把多年前有一事不明也讲了

他却说不存在

你出汗了

默默起身下线

所谓平淡如水今日是也

---

① 指济公。济公到净慈寺，拜该寺主持德辉禅师为师，升座为书记，负责文翰事务，僧俗四众称其为"济书记"。

高适不救李白

好感情会变成坏感情,坏感情有时也会变成合理的感情。合理的感情再变回去也是可能的。变好也是可能的。

高适不救李白,怎么了? 忘不了当年,李白杜甫高适一人一匹马,结伴游太行。万古苍劲的太行山,壮大着他们的精神。也不知道它是因苍劲而万古,还是因万古而苍劲。

但普遍,好感情会变坏。太行、长白、秦岭、昆仑……所有的龙脉都扛不过。

如果他们诗歌主张分外一致呢?不可能,一致。而感情,好、坏、合理,并不是占一样,而是在三者的缓慢变动中。

有时太缓慢,如大星系的移动,地球哪有什么感觉。

寒流之夜

寒流之夜,泡桐
落了一地
那是北方的霜晨。再来一次降温
硕大的叶子能一次卸下
扫出一座小山,填平一道水沟
那是北方的爽劲。
泥巴地面又硬又干净
月亮清爽地照着树枝。
大自然给人,画出了清晰的界限:
南方物候不同,每天一地金黄
每天一地绯红
小果子三三两两
扫吧,文脉悠长。
地分南北,人不分,人要文武双全
人要悲智双运,
智慧菩萨在北方
眼神是童子
慈悲菩萨在南方
眼神是慈母。

白色房间

白瓷砖,白马桶,白面盆,白吊顶
这是多么奇异的
一个房间
在唐代的人看来。
甚至有点脆、亮、冷
说像雪后,更像结冰。
还一人一个,看起来如同自由
也许仅仅是私有。
水龙头里流出的清水
是一样的
但这水,声音怎么簌簌的,气息还有点冲人。
当有人在里面咳嗽,又会像
鼓一样,震荡周围好几间。
HELLO你们会阳虚的
请互相之间多点理解和热情吧!
真想不到,前不见古人,后不见来者的
荒寒
你们竟一人一个。

白猫

以为那是一只
一动不动的白猫
窗外山坡稀疏的竹林后
沉浸在阳光里。
它还带来了上面有更多猫的错觉
非常多的洋溢之感
阳光之范围。
后来雨水滴答,才发现不是
而是一坨什么材料
圆圆鼓鼓的。
假如在降温前,这个雕塑就消失了
我将永远认为
竹林里照耀着自在之光。
这么一想,恐怕很多雕塑家都搞错了
他们只管生
却不设计灭
灭得其时才是难题
而雕塑家正持有禅师的手笔。

没有（一则寓言）

村子里的人
合伙偷了一头牛
主人来质问

牛是否在你们村子里
并没有村子

在村西的池边你们吃了它
并没有池

池边不是有棵树么
并没有树

你们在东边偷的牛
并没有东边

是在正午
并没有正午

白夜

第一晚：睡着前用了很多时间，想明白了所有事情

第二天：有多明白就有多焦灼

第二晚：真理让人不快

第三天：与生活平衡的是，真理是个负数

第三晚：失眠，失效，全部塌陷，头部翻起浪头把人体拍碎

第四天：多么平静的一天，棉被在外面吸着阳光

第四晚：好像蹚过童年院前的雨水，去做一个梦，清楚地看见爱和不幸

第五天：又好像什么也没看见，在人和人之间的空隙里

第五晚：把别人赶走会留下爱么，那轻薄、狭隘、毫无可取之物

第六天：一群孩子，一群从痛苦里生出的欢乐

第六晚：就是这一晚，我们怀孕和生殖。因为独处的时间，就是恨别人的时间

第七天：站在恨里看自己，这反复的一生

我们全都败诉，我们谁有所发现，说的一定是，我不知道

暴力地蹉跎

有一天我感觉
一个黑色湖泊
在世界的皑皑白雪之中

又有一天我感觉
一片白的雪原
高高的
在漆黑的人世上

还有一天
浓雾升起来
我看不见你,你看不见我
我感到一棵树
它的千万片叶子静止不动
但有一片在猛烈喧哗

有一种死感

有时它来了
像坐井观天那么明亮
持续的时间
大概一个雷声那么长

它走了
让我知道
一些好东西确实
在我的生命中出现过

如打着手电筒走在乡间的路上
如……

竟然再也想不出什么
什么都比不得它
比不得
独自打着手电筒
走在乡间茂密的路上

三个修士

三个修士很少交谈
整日地望着大海
船毁了,纸笔也已不见
已记录的似乎都是些废话,工作结束了
这里,上帝深深地
送来了深夜
又幽默地给了光线
但这都是表面:
我们的陆地伸进大海
大海尽头是一条瀑布
落进无人见过的深渊

探险成员把半条船补了补
多分出来一些食物
送修士们走了
虽然有着一样的疑问
但没人真的问
一样的想象也在他们眼前浮现

但无法谈论：
修士们的破船
像一滴露珠，在叶片的边缘
落进无际森林

环形公园

三只麻雀想吃一只飞虫
急躁地钻进冬青,又冲上亭顶

一个瘦妇女
已经把渔线也握在手里
敲打着水面
她进了她自己意识的窟窿

对着环形的水流

环形的水流
似乎轻轻地、蒙蔽地与时间游戏
旁边是一对父子在神志朦胧地谈话

风吹拂树枝
动静周转在叶簇的空隙,一边晃动一边闪而又闪
让人觉得瞬间之中还有瞬间
一旦挤紧
就能进入不存在

这里

清早有大片白霜,
泉里有成排树影
(一动就没了)
树杈间晒着抹布。
它们是美的,还有可称善的:
膝盖猛地别断树枝,渐渐积起几捆柴。
面向水塘的厕所,粪便冲尽,阳光照入。

而我在这里发现:
人能美于所有
且来处毫不神秘。
人人都能。

让美停一停的歌德
没见过它。
谁见过呢
我竟然敢
断言美的本体乃是人。

但我离题更远：
黎明黑夜里，随着越来越接近
那两棵完美的树
我一念闪过
竟然是抱它们
——私有的欲望，那是天敌
——极致私有的东西最为不美。

喊月

"是你吗"
躺在长途车上,我们重逢
它朦胧、小、矮
甚至有点可怜
再望出去
我开始敬重它——夜空极大
它要一条钢丝走到太阳升
而我
我知道,我已无时不在"流放"中
我将常常眷恋地
喊它
对它伸出手

狮子峰下

远看是三角形
从山脚看是半圆的
我去年开始住这里
确实满目青山
但好几次觉得差一个说法
传达山顶和天空的交接处
——山色被染得蓝茵茵
而绿加深了蓝天
使那种蓝充满了拒绝——

跟水天间完全相反

曲终人不见,江上数峰青

一年多,没看书

我进了书店

翻开一本

"下午四点,她走进去叫醒了她"

然后我就合上了。

我是来编杂志荐书版的

那好像是一本名著,我漫不经心地放下。

很快我发现

这个句子让我着了魔

它是梦幻、秘密和存在

生活的一切价值,仿佛缩写在它身上。

人间全部的阅读

和我刚才急促进行的毫无相异

甚至无赖派、塞利纳、杜甫……

都属于水的纹理

(写作,意味着

你必须死过

成为那个幽灵

而文学并不存在）

现在需要老老实实说一句，终归白读，必须白读

这在酒桌上根本没法讲出——

你和它们

顶多

是平等存在、格格不入的两种幽灵。

而真正的那些

不读不写。

朋友

好友四散在各处
我想他们时他们也必然想到了我
据说——心念会像振动频率相等的
弦的共鸣

朋友是种奇特的关系
在古代,唯独认可这种情痴
也总是,刚说好一起隐居
其中一个却出仕了
这个跋山涉水而来
那个已是壮年白骨

我们善于认出彼此
话语、诗……越来越逼仄的人生
和"别人都可能比你纯洁"
多世的相逢
旷劫里一串同调的琴声

昨天进城,发现十字路口

一片茫茫路灯

茫茫的更是

这个世界的十字路口都相似

我身在何处?

你又身在何处?

不应寻找、寻找

(阳光在竹林上跳跃

一种小雀急速地在里面掠过)

人间一切都在闪动

但它却像个盒子

——我确定相见在盒外

这阵子发现首好诗

就是那个沧浪之水清兮

沧浪之水浊兮

当时渔父莞尔而笑

又表明

处处相见

实验

竹子们,干净极了
腿青极了

面前这一棵
钻出地面,先是
短而肥的三节
依次递增
然后是五节,非
常短
压得紧紧的,但很轻松
递增的
五节
它们之上的两节
突然长了很多
尤其上面那节
像打算介绍
如下变化:
自它开始,所有的竹节

一律相等

再无差异

甚至长度,仿佛此物种最应有的

和谐

的长度

刷刷刷——

消失在茂密低垂的竹叶里

生命

在一棵竹子上

都如此实验

绿园路

转眼入夏
这条路暗了也变窄了
夜间尤甚
高而密的杨树下
空的拉杆箱轰轰走着
几次我受到诱惑停下来:
安静,但也无法前行了

雨落空湖

雨季雨夜

人都睡了

漆漆的湖上

落着雨

古往今来

这么多无用的雨

在空山

在空漠

在极北和极南

完全不落进故事

谁管它们

发蓝　发青

发亮像荷叶

发白像牛奶

或像藤蔓的须

或像大衣

像脸

像坟

像宇宙

像上古的渔歌

第四辑

河南坠子

杜鹃

有一夜鸟没有叫
才猛然意识到
历年所闻
都是同一只鸟
它春天来,夏天走
常在这座山附近一边飞一边哀鸣
我问住在这里的人
竟然没人察觉它
我模仿它的叫声问本地人
也没人知道
难道只有我在和它进行微弱的交流?
直到这几天我对它的认识忽然加深了
回想这几年
叫声在今年明显稀少了
可能它老了
而它的音色不会老
尽管不老,却完全能体现它生命的全部

在这个全息的时刻

文化也体现了它的穿透力:啼血

它记载那些啼血的人,知道他们不会相遇

读诗

我有过一次读诗的经验
当时我的工作就是读诗
把选好的折上一点角
或打印了备用
都是当代汉语诗
有的的确美如神
有的可作黑暗精神的宗教
还有的只是激起烦躁

我坐在沙发上
头顶上是玻璃顶
能看到草,有时有猫
有无声翻动的尘土
我看了三四首
这些诗都很短
智慧、宽和、令人敬爱
从未要撼动人

我翻了过去
又看了较长的一首
这时我发现眼有点湿
也凉了
再翻回去
丝毫没发现是哪里
哪个句子

它们静得跟远去了一样
在凉过的眼里

河南坠子

南京一条小街

有个河南人

弹唱着河南坠子

不是隆冬,秋天早过去了

像他的年龄

没有月亮,路灯也很远

他的声音杂着护袖的摩擦

路上没人

这季节也没有雨雪

离睡觉还有段要挨的时间

盆里的硬币也还少

他的小生意像经营丧葬

他唱的

就是人们干了什么

说了什么

但听下来

就是人们是如何熬过冬天的

傍晚的母亲

傍晚又名擦黑

仕童年我有两种

面对光线的衰落

如果是我爹

总会马上拉开灯

如果是我妈

她会迟迟不开灯

里面有省电、孤独和灰心

她反对我爹的做法,骂他

然后默默走进院子的暗淡里

现在,又到了开灯的时候

空气突然那么浓稠

戒酒一周

去戒酒者互助会。

是第一次。

他们讲的事都熟悉。

但总忍不住笑出来。

谁都看得出来我抑郁。

给我倒茶的大叔留心着给我加水。

我低头又笑了。

看到我的脚。

不适地挪来挪去。

手。

捏着册子打着膝盖。

这里是十层。

我们聚在顶层,做着意义不明的抗争。

上面是空的。

脚下——只要除掉物理意义的楼板。

也是空的。

他们还提到一个词"精神"。

仿佛我们聚在精神的上下虚空中。

能够迎来"精神"的胜利。

海量不饮的人几次发问。

怎么会在酒上不可自拔呢?

你不懂。

主讲人戒了三年。

每天鼓励自己打游戏。

"一想到打游戏得这样。

还得那样。

麻烦死了。

但对自己讲。

就打一会儿。打一点点。

打不了就停。"

微博上的故事是游戏少年把自己耗死了。

临死说"真是太有意思了!"

有意思?

我觉得下次活动我不会参加了。

但。

几个小时后。

天刚亮。我就想去。

但现在天刚亮。

挖蒲公英

陪母亲去邻县挖蒲公英
为大半生的皮肤病
它和蚊子、露水、农活、粉笔灰有关。
还要寄给患了癌症的亲戚。
母亲说,根也要挖出来;
嫩的拌菜吃
老的晒干能用很长时间
蒲公英快过季了
有个新邻居也要,她不会骑车。
附近是一片刚结果的梨园,天又亮又蓝
土软而湿
所幸没挖到蚯蚓。
母亲还说:居然不和我合影
——我和她像第一次出行,旅行得很远,成了旅伴
气氛转折了一下。
我们
没有过天伦之乐
但要一起了天伦之苦。

父亲

他打猎回来,从那条最硬的小道
腰里挎着带血的布袋
我们赶上去羞涩地问
"几只　有几只"
他的高筒胶鞋蹭着膝盖处的毛边
鞋上带着泥、草叶和红蒺藜
噔噔地走过去

野兔挂在那棵低矮的梨树上
(那树是什么时候被砍了
那挂过兔子的、春天开花的梨树)
他蹲在那里剥皮
初冬的院子里
早晨晾的白菜已变得又凉又硬

他就用大铁盆里的水洗手
用洗过手的铁盆种会开花的红薯
红薯花曾开在我们灰房子的台阶上

我们爱他挂在台阶上的猫头鹰的棕色的翅膀

爱他被山猫的爪子穿透的手

在修理老式的黑白电视机

拆开后盖，掰下烧出了树枝纹的高压帽

我们爱他废弃的二极管和高压帽

我九岁，他从地质队回来

站在自家门口

那时邻居在看我们新打的家具

议论着他的头盔和猎枪

他在人群里无比孤僻

曲着高大的身子

抓住抽水井的辘轳

——这些事情又在多少年前

那些家具早已老旧

那只黄色的头盔用来盛带壳的花生

猎枪早被戴袖章的人没收

情田

"两个木偶
走出隧道
呼吸着
进了旷野"

"蜡烛已点上
不知什么原因他们推开了窗
雪变硬了,雪光映进来
和烛光一起
反在他们脸上
他们正进行傍晚的简短谈话"

"我的呼吸竟似一个
女人
轻盈、润泽
她一直在活动,地方宽大而高
爱意尾随她
我幸福如睡"

这是三簇微电影:

在瞌睡里

经常出现一格一格的情田

(气氛很软)(真的像"古扇下的风")(诱惑至极)

田外是什么——

田内细细描画

不是我的手

但故事是我的

也是你的

无边无际

——田外是什么

因为树木

我欣赏树木,有时去找它们

远的我发出"啊"

近的会拉到鼻子前。

但他说,他从来没有

以美不美感受过它们

他见到的瞬间,无论种类、大小

体会到的是它们

在那里

舒服不舒服

像慈母那样的同情

在男人身上

有一次,我从书里抬起头:

理应有这样的现象

女人为男人流出热泪

跟誓愿过一样;

理应有女人面前的男人

一直谦卑、柔顺；

也不在家庭、爱情中。

屋北

好天气的傍晚,北边的鸟群
刷地从树冠和窗之间飞过去
屋里就暗一下。
有个朋友
她喜欢在南边吃饭
于是南边换了张桌子
她晴雨都赶上了,但没注意
前面的云是清的
后边已黑了
雨总从后边开始。
还有个朋友
告诫晚上不要去后面城墙上走
我想起,月亮的确没照临过
那些松树
它们有的死了
活着的非常高、绿。
厨房门累月关着
风都拐不进去,老鼠北出:

玻璃外常常是闪光的

第三个朋友也注意到了,说真好。

只我私心,总觉得像泪光。

从宁夏寄

今天共下了三场雨

第一场尽是大雨点

然后是一场小雨点

下午则出着太阳雨声淅沥

我已吃了羊肉,闻过了枣花

还折了一支

此时,站在平台上

燕子从绿瓦上斜飞下来

隔壁清真寺传来唱经声

我的朋友老了,他在睡觉

不需要叫醒他

我触摸晾衣绳上的雨滴

满足地吸着空气

想把这一切都写下来

灰云里有一抹烟蓝色,远远的

此刻有个真正的摇篮,我想

后来彩虹也出来

我穿过走廊跑下去,扑动了门

让朋友着了带雨的风

让他咳喘着,尽快离开了这里

宫怨

梦到过一首宫怨诗
大意是
绣完数针脚
发现比上次少了数针
她便知道自己情意已变
心下做了决定

某年春天西湖上
我不客气地制止了船夫的讲解
他,则用他的语气
重说了一遍。
柳树,天色,山影,都在他的礼遇里
我也在

带鱼

她打电话叫我去吃带鱼
从超市偷的
一盒 20 多块,偷了两盒
分两天偷回家,昨天,今天
刚够一盘。

深海带鱼我没去吃,
这里的晚饭早已结束,
就着吵闹的"这不是你家"
和静悄悄的"没有任何哲学说过……"
两站地外她吃着带鱼,我来到窗边:
天上有颗星星,谁都能看到

几千年的诗

圆月那么小

像个微弱的朋友

没雨季节的城市声音蒸腾起来

中国人最知道:

都是情

秋樱

他常来找我,那年冬天
为听那一首歌,"给我放一下"
弯腰气喘着把大衣卸下
"秋樱"——
听起来,是晶灰的云,黄昏雾霭里
江水悲鸣地翻着
一首日本歌
来自过去的三四十年
于老病时节一遍遍地听

后来知道其实是新娘在唱母亲
他听的样子认真得像在发愣

今天我带着酒伤
看着一盆冻得半死的植物
在回绿
想起他的哭:

走到半路,身边的"小兄弟"跳开了

因为他突然站住,叉开腿

喘着,抖动着

指着天空

咒骂这些和那些

和上天的意思

如果有回答,上天不过说

愿你平静

远不如那一首秋樱

那个房间起了风

那个房间起了风
这个房间还很安静
风在那暗下的房间里
也没有反复吹刮
它让人知道它增大,伸长,停留

它来到更暗的那间
已是一个入睡的婴儿
或一条影子在伺机醒来
我在这边的窗前,低着头
知道它不会张开眼睛

是啊,那个房间的风柔又暗
明确告诉我死的面目
我忘掉了所有战士般的人
甚至怀疑他们是否难忘

第五辑

热茶出现在小说里

加倍存在

那时人坐在玻璃前
天有点蓝意,太多冻云了
人把脸贴到了玻璃上:

一朵羽毛、蜘蛛或蒲公英
突然从左面升上来
一点颤抖,移到了右边

人猛然意识到了存在
不像人感知了它
而是它知会了人——
除了这一个,意识全部变黑
没有姓名
寂静里
存在在加倍地存在——

悠悠地升了上来

车厢里的玻璃球

一颗绿芯玻璃球

骨碌碌

从座椅下流了出来

地铁加速了

它越来越快,直线,接近哨音

从脚间疾驰而去

整个球变成了淡绿色

听,"做个神仙"?

地铁速度稳了

听声音

它拐了弯

我看到

一个站着、举着书的学生

叉开脚,抬起了脚掌

好东西

两边的头发先变白,手背开始生斑
我挂念起了年青时候:
一个堪称弱小的精神实体
珠串般的体验
一粒一粒
或是太日记体的?
于是它阴沉,啃咬自己——这有什么可挂念的?
——每逢它动心
都呼应着极远的弦、最好的曲
好像它就是音乐做的
好像它的唯一性只是如此

看薇薇安·迈尔的纪录片后想到

我捡过一个"松"字
在南京长江大桥上
小指甲盖大小,硬塑料
像收音机壳压碎恰好出来的
或为了一个叫松的人,有意掰成的
隶书
我从没觉得"松"这么好看
是浓而亮的蓝色

以及
东井村路上,有人在画画
戴着到胸口的棉帽子
棉袄外扎着腰带
起先以为他画的是景物
看到浓密的长发以为是美女
近了,才发现他画的是张男人的脸
有着大而厚
疯了一般的嘴唇

他正站着端详它

路边醉酒的女人

这是不常遇见的
路边醉酒的女人
像风里的草叶
黑暗使她浮在空中
并且眉眼发亮
她还呼出湿乎乎的香味
多么滑稽
她肯定不知道她的姿态
听到自己的喘息她以为是一条狗
可当她谨慎地四望
却原来是底下的裙裾一扫而过
这是个最自恋的女人吧
扑上自己的影子要去吻它
她疯了
疯了的女人折进了深巷子
看到她的人以为她在走回家
但看啊
她走进阴影多像走进坟墓

安排

在自然中事物被安排得最好
在人与人之间
事物被安排得最坏

他先安排孩子搭积木
安排所有人安排的能力
"该怎样,该怎样"
生命中最早的一批来客
是最早被恨上的
这是最易坍塌的建筑
因为有了别人
我们的
哭泣紧挨着爱
快活后面搁着悲伤
诅咒压着热望
就像门梁横在门柱上

他再安排

"怎么会这样，怎么会这样"

全都安排错了

在人与人之间充满的

仍旧是人

我们互相干过的事情

多年后会来惊扰我们

别人互相干过的

也会来

这是最坚固的建筑

每人只占据着

自己身体般大小的地盘

却要占据别人的全部

他的手是否摸进过人间？

他在天上的手啊

黑曲子

一个十二三岁的少女
穿着黑上衣
黑色七分裤
黑色长袜
黑色旅游鞋
脸也是黑的,睁着一双与别人
隔了一座山的眼
在旱冰场的最边上随着曲子舞蹈

很疯,很笨
与场里呼哨的、大鹏展翅的
波浪状还划着圆的
已经卸下了肉体的肉的
比,像被突然给了电力的木偶戏
中途,她又加了一座山

有人牵了两条比人肥的狗

有一会儿她不见了
等我再看见
是牵狗的人在逗她
让狗扑倒她

她明白,她坐在地上
一动不动
狗扑来,她就用手臂挡过去
再把脸别开
狗也明白
狗站在她身上不动了
那时,从我的方向望过去
狗把她完完全全挡住了

她令我挣扎着想知道
牵狗的、她,还有狗之间
到底发生了什么

从春节聚会上回到家竟像从寺院归来

凹石雨水

缺脸的佛像

殿依山多盖了一座

太高了,高过了古塔

古塔仿佛转个身朝东了

一百年

在一千年前不算什么

这可能是静谧的真正来源

功德箱旁俩老妇

在推让一包饼干,慢慢吵闹着

客气　也增加了静谧

以及空旷

背后的山很高很大

我来这

跟狗或鸡来一趟一般

不缺经验,也没有新经验

生活刚有就满了

喜欢武侠

飞檐走壁的人偶尔也走在街上
有一点不适,于是怀着一种心情

杀过人的人也会当路人
我的脖子和胸口,被他看了一眼
他就把我杀了一遍

普通人爬上梯子
梯子又软又颤,普通人的双腿
等到下来,已经软到迈不开
迈开,又僵硬得挪不动

一生所用过的空气
都是别人的肺挤出来的
生活非常凶狠,却看不见它
直到老了,人们还在空地上噌噌打拳

石英石

公厕和蔬菜摊中间
放学的女孩对同伴说

"我有一块石英石!"

"其实你没有!"

正紧着腰带的她妈用含痰的声音:
唔,呼,就在门边的桌……

关于那块白色结晶体
女孩再次说她有
同伴再次说她没有

妈太无趣了
女孩们好像没有气愤
没有气愤地走在斑驳的世道上
因为
那块神奇的石英石

挥霍的人

他是一个挥霍的人
有少见的挥霍的技艺
没技艺的同伴
已经差不多死光

像雷一样滚了五十年
在宁静的天宇里

时间快到还没到的深渊里
他想去买个老婆
还想杀人

受到一个祝愿的
一定也受到一个诅咒

我想指指远处的地平线
送给他
但是,人类的友谊里没有地平线
能送出

声音

洗澡时,我又听到了哀声
可能来自下水管
可每次都是哀声

是一位老人的
是很穷的垂死的农民
关于湿柴烧不起来,关于那只羊跑了
低低地,带着莫名的恳求
我听了又听
他说的没有一件是有所思考的

睡觉前,还有一种声音
……应该是蟋蟀
从一根葱叶里
像一个傻子的嘲讽
对着人间
没有第二句,也绝无支吾
嗞嗞　嗞嗞
还是嗞嗞

梦见空间技术

发布会上说
新的空间技术
已经达到这一步了
……总之,有如:
她对我耳语几句
我即回到从没有过的年轻。

记者们打着腹稿:
这诗是哪个老头的?
当年好像一点没费解,现在是啥意思?
不管了。
再没有绝望之地了。
人类的命运改变了。
不幸一扫光。

围观的人里有两个
前度恋人
开始他们轻轻笑着

很快一个说

可你还是会天天喝酒

另一个说

我还是

他们被扔回旧的空间技术可达到的那一步

成为小小一幕滑稽剧

锁金村

野猫坐在黄色的
晨光里
我一手拿烟
一手刷着睡前牙

外面是花圃
她来了
慢慢提来了水
用只勺
斟酌地洒着

水是灰黑的

我躺到床上
抽着睡前烟
洒水声再响起
应该她回去洗了盆菜

7号楼

据说，住了很多

老年作家

好多作家死去了

留下了好多老妻

我见过她喂野猫

不是猫粮

是鱼汤和鱼

刚搬来时

她从二楼

经常吊篮子下来。

汤水会变臭

我喊，阿姨

别喂了，它饿不死

她又偷偷地喂过几次

猫的眼睛

在墙上

有一次跟我对视

黄色的圆环

中心是黑的

眼的角,是春天的凄冷

随她们吧我想

但她没再吊篮子

花圃前我们打过一次招呼。

天越来越热

她更多地浇水

喂猫

晾东西

我们互相看见。

但我倦于看她,只不停地想她。

梦露死时的客厅

她死时客厅

有三把椅子

客厅只有三把黑椅子

直背

背也很高

高过窗户的下沿

从窗外的树丛里也能看到

一个背是主人的

她曾靠在上面喝酒

一再被恐惧打扰

那时多亏了椅背的支持

另两个被树丛的影子覆盖着

街灯含着烟雾

使它们像搭着长长的皱起的纱巾

纱巾

啊纱巾起源于维纳斯、甜蜜话语和降伏人类

现在搭在椅子上

一把椅子已掩埋了一半

另一把彻底地被掩埋了

深深

酣睡着

这里是卧室外空空的四五十平方

虚空，可全无宁静

还有宇宙

它是最远的第三方

太远了

她没能走过来

用发抖的手，带着抖动的光泽

掀起，然后

为假象吃上一惊

热茶出现在小说里

翻到这一页

热茶出现了

铁路　冷雨　狗叫

野居的老人锁上门

轰轰烧水

谁没有过可爱可怜的少年时期

和饱经折磨后的箴言

甚至远处的灯火里

正住着因缺陷得悟的人

但对好人来说

天气和绝望

是同一张吃不完的千层饼

无力懂得去结束喜欢的

开始正当的

今夜恍恍惚惚

已经很像幸福

热茶倒进碗里

茶色蒙着水雾

也游荡到了小说外面

俄罗斯一老一少感恩着走入睡眠

读小说的人也随之闭眼

嘴里的茶味

仿佛就是黯然销魂

蜜蜂说

一架紫藤,很大一架紫藤
正盛开
春天正午
也正值蜜蜂嗡嗡像团蘑菇云。
我站在一角,掐了一串
也就几秒的事:有三四只、或四五只蜜蜂
它们不干了
行迹和声音都变大了
像是一种电报,或云里溅出了水花。
我心想,你们有那么多
一整架又香又甜
我掐一串都不行吗?
路上,我碰到我的同伴,迫不及待说:
它们不乐意了!
其实我想说的是,蜜蜂说话了。

一个说明

2002年，由楚尘策划、本人主编的"年代诗丛"第一辑出版，2003年出版了"年代诗丛"第二辑，两辑共二十本。"年代诗丛"一经出版，迅速成为当年诗歌丛书有口皆碑的品牌，就诗歌写作而言，亦标榜了必要的专业性标准。时至今日，入选的诗人大多已成为汉语诗歌写作中名副其实的中坚力量，如杨黎、柏桦、翟永明、何小竹、于小韦、吉木狼格、小安、杨键、蓝蓝、伊沙、刘立杆、小海。但由于种种原因，"年代诗丛"的出版未能延续，当年的盛举已逐渐化为一个遥远而美丽的传说。

感谢江苏凤凰文艺出版社，有如此魅力和信心重启"年代诗丛"。二十年过去了，今天的出版环境已不同于当年，诗集出版量剧增，某些情形下甚至有泛滥漫溢的倾向，喧哗骚动中更显出了自觉写作者的被动、孤寂。选编"年代诗丛"第三辑（重启卷）的目的一如既往，即是要将其中最优异且隐而未显的诗人加以挖掘，呈现给敏感而热情的诗歌读者。这应该也是编者和出版者共同意识到的责任。

因此我们的选择无关诗人的年龄、知名度，要求的仅仅是写得足够优异以及具有独创性的新一代诗人，特别是其中对读者而言较为生疏的面孔。"年代诗丛"也因此寻觅到一个新的开端，是为"重启"。希望下面还会有"年代诗丛"第四辑、第五辑……

以上文字并非后记，只是一个必要的说明。

韩东

2023.9.17